I0654731

Karl Friedrich Hensler

Die Verschwörung der Odalisken oder die Löwenjagd

Ein Singspiel in drei Aufzügen für die k. k. priv. Marinellische Schaubühne

Karl Friedrich Hensler

Die Verschwörung der Odalisken oder die Löwenjagd
Ein Singspiel in drei Aufzügen für die k. k. priv. Marinellische Schaubühne

ISBN/EAN: 9783741130205

Hergestellt in Europa, USA, Kanada, Australien, Japan

Cover: Foto ©Andreas Hilbeck / pixelio.de

Manufactured and distributed by brebook publishing software
(www.brebook.com)

Karl Friedrich Hensler

Die Verschwörung der Odalisken oder die Löwenjagd

Die
Verschwörung
der
Odaliken,
oder
die Löwenjagd.

Ein
Singspiel in drey Aufzügen, für die k. k. priv.
Marinellische Schaubühne,

Von Karl Friedrich Hensler.

In Musik gesetzt,
Von Herrn Kapellmeister Müller.

Wien, 1792.
mit Goldhannschen Schriften.

Personen.

Achmet, Pascha einer asiatischen Provinz. — Hr. Ignaz Sartory.

Solimann, Stadthalt. — Hr. Donst.

Selim, Aufseher der Karawane. — Hr. Bondera.

Scherbeth, Aufseher des Serails. — Hr. Baumann, der Jüngere.

Großminn, Wächter der Weiber. — Hr. Pfeiffer.

Pagad, Gärtner des Pascha. — Hr. Laroche.

Uli, Selims Sklave. — Hr. Baumann b. Ael.

(Verschnittene.)

Reski. — Dem. Gottlieb.

Blanda. — Dem. Sartory.

Rezia. — Dem. Trauttmann.

Rosilis. — Mad. Hensler.

Zaida. — Dem. Schmidt.

Selima. — Dem. Martini.

Zemire. — Dem. See.

Groxilla. — Dem. See.

(Odalisken im Serail.)

Mehmet, ein Sklave. — Hr. Pichler.

Viele vornehme Muselmänner.

Viele Janitscharen.

Pfeilschützen. Matrosen.

Gefolge des Pascha.

Die Handlung geht vor in einer asiatischen Seestadt.

Erster Aufzug.

Erster Auftritt.

(Seehafen mit Wartthurm).

(In der Ferne hört man den Seemarsch. Die
Karawane kömmt näher).

Selim, Ali, Großminn, Reskl, Blanda,
Zaida, Selima. Viele Matrosen.

Chor, auf dem Schiff.

Laßt die Seegel sinken,
    Zieht die Masten ein;
Seht die Thürme blinken,
    Werden bald am Ufer seyn!

Großm. (steigt aus dem Schiff)

Heran! heran! heran!
  Viel Glück! wir sind schon da!

Matrosen. (steigen aus)

Heran! heran! heran!
  Der Stadt sind wir schon nah?

Selim.

Euch soll ich verlassen,
  Euch nie wieder sehn?

Die Odaliken.

Ich kann mich nicht fassen,
  Vor Zittern kaum stehn;

Großm.

Verlaßt, ihr Jüngferchen!
  Die Karawane hier,
Bald seyd ihr im Serail,
  Der Odaliken Zier!

(Sie steigen alle ans Land)

Selim zu Reoki.

Welcher Schmerz! sie fliehen müssen,
  Die mein Herz so innig liebt.

Reoki

Reski zu Selim, (Sie schlägt den Schleyer zurück.)

Ach! wie meine Thränen fließen,
Um ihn, der mir Liebe giebt.

Ali. (leise zu Selim)

Herr Selim, seyd nur stille,
Der Lärm wird allzugroß.

Proßmin. (zu den Matrosen auf dem Schiff)

Wir sind bereits am Ziele,
Schießt die Kanonen los!

Allgemeiner Jubelchor.

Singt, Mahomets Söhne! dem Pascha
entgegen,
Auf! bringet ihm Freude und Ruh!
Wir bringen ihm Allahs allmächtigen Seegen,
In diesen Geschöpfen hier zu!

Zwenter Auftritt.

Vorige, unter dem Chor kömmt Scherbeth mit
Sklaven. Die Odaliken verschleyern sich.

Scherb. (reicht Droß. die Hand) Viel Glück!
piel Glück, Brüderchen! zur vollbrachten Reise,

se, wie ich sehe, bringst du hübsche Pro-
dukte in unser Serail mit?

Oroß. Gesichtchen haben sie dir, die
Mädchen! bey meinem Bart! als wenn Rosen
und Lilien darauf blüheten.

Scherb. (gebt um die Mädchen, will Reski unter den Schleyer schauen) Schade, Brüderchen! daß diese Lilien nicht für uns gewachsen sind. (beiseite) Wenn ich sie nur hier
alle gleich mustern könnte.

Sel. Diese Frauenzimmer, Scherbeth!
erhielt ich aus den Händen des Gouverneurs von
Zirkassien, der sie unserem Pascha als Geschenk
überschickt; führt sie in das Serail, ich gehe,
um ihm Nachricht von unserer Ankunft zu über-
bringen.

Reski. (hält Selim zurück) Du willst mich
verlassen, Selim! mich so fürchterlichen Händen anvertrauen?

Sel. (sich immer nach Scherb. umsehend,
der mit Ali spricht) Seyd getrost, gute Kinder!
bald seh' ich euch wieder; folget diesem Man-
ne, (Scherb. nähert sich) er ist ein ehrlicher,
rechtschaffener Mann, (leise) er ist ein Schurke, wollt' ich sagen, (laut) er ist Aufseher des
Serails, euer Wächter; (leise) allein trotz seiner

Wach-

Wachsamkeit werd ich doch Mittel finden, euch zu retten; (die Matrosen packen aus)

Ali. Herr! ich gehe, um eure Geräthschaft ans Land zu bringen. (leise zu ihm) Schickt die Mädchen nach Haus, oder kriegen wir die Schnur, noch ehe wir die Stadt erreichen. ab)

Ali. (geht in die Kajüte, die Matrosen packen aus).

Dritter Auftritt.

Vorige, ohne Ali.

Scherb. (wirft sich in die Brust) Ihr wisset nun, wer ich bin, meine hübsche Frauenzimmerchen! von jetzt an stehet ihr unter meinem Kommando, dörfet niemand mehr zu gefallen suchen als mir und dem Pascha; (führt Blanba bey Seite) Kommt also her, laßt euch eine um die andere anschauen, laßt euch mustern; weg mit dem Schleyer! (will ihr den Schleyer aufdecken)

Bland. (schlägt ihn auf die Hand) Wie unverschämt! seht doch! nein! daß laß ich nicht geschehen!

Scherb.

Scherb. He! mich nicht wieder auf die Finger geklopft, Jüngferchen! das will ich euch rathen. (zu Reski) So macht keine Umstände, mein Amt bringt es mit sich, eine kleine Musterung mit euch vorzunehmen. (will Reski den Schleyer aufdecken)

Reski. Entferne dich aus meinen Augen, du häßlicher Kerl!

Scherb. Was! ich ein häßlicher Kerl? der Scherbeth ein häßlicher Kerl! Gift und Dolch! (geht aufgebracht umher)

Groß. (leise zu den Mädchen) Frauenzimmerchen! das thut nicht gut; ihr müßt euch diesen Mann zum Freund zu machen suchen; er ist euer Aufseher, der Liebling des Pascha.

Reski. O so vergebt uns, lieber, schöner Mann! unter dem Schleyer konnt' ich ohnmöglich eure Reize bewundern.

Scherb. (zu Groß.) Bringt sie fort, Großmin! machet Anstalt, sie zu beherbergen. Aber was habt ihr vorhin gesagt? ich ein häßlicher Kerl? der Scherbeth ein häßlicher Kerl? und wär doch einer der wohlgemachtesten Muselmänner in Asien, wenn mir die Natur nicht einen Circumflex auf den Rücken geschrieben hätte.

Urie.

Arie.

Ich soll etwa häßlich seyn?
  Bin gewachsen zart und fein,
Bin so schlank, wie junge Tannen,
  Und mein Leib ist zum umspannen,
Ey so schlag das Wetter drein;
  Ich soll etwa häßlich seyn?

        ➤

Ich soll etwa häßlich seyn?
  Ey! wie fällt euch das wohl ein!
Seht das Feuer in den Blicken,
  Seht! mein Fuß ist zum Entzücken,
Seht die Nase, seht das Kinn!
  Ah! daß ich nicht Pascha bin! (ab)

Groß. Kommt, Frauenzimmerchen! wir gehen in das Serail. Seyd munter und lustig (führt Blanda und die vorigen ab) diesmal bringen wir dem Pascha Blümchen mit, dergleichen er noch nie in seinem Garten hat blühen sehen.

  (Der vorige Chor wird wiederholt, ab)

Vierter Auftritt.

Reski und Selim, Uli im Schiff.

Reski. Ha! Selim! wie sich alles freut, wie die
Sonne so lieblich dort das Thauwerk beglänzt,
und wie düster es in meiner Seele ist.

Arie.

Schön ist im Lenz die grüne Flur,
 Wenn alles um uns blüht,
Und sich die reizende Natur
 Verschönert um uns zieht;
Doch hüllt sich — blick' ich dieses an,
 In Trauer alles ein,
Denn ohne Selims Liebe kann
 Ich nicht zufrieden seyn. (ab)

Fünfter Auftritt.

Uli, steht auf dem Verdeck. Selim.

Uli. Was doch die Eigenliebe nicht bey
dem Menschen vermag! hält sich der Kerl dar=
über auf, daß man ihn häßlich nennt, und sieht
aus, als wenn ihn ein Calender aus dem Bet=
telsack verlohren hätte.

Selim. Eben recht, daß du noch hier
bist. Uli! wir dürfen nicht zögern, wir
müs=

müssen auf Mittel denken, das Mädchen zu
retten.

Ali. Aber Herr! was fällt euch ein? ich
glaube gar, ihr habt vergessen, daß die Frauenzimmer für des Pascha Odaliken bestimmt sind.

Selim. Eben deßwegen dörfen wir nicht
säumen.

Ali. Herr! ich bitt' euch um eures eigenen
Halses willen, thut das nicht, die Wächter des
Serails haben Augen wie die Luchse.

Selim. Und doch will ich dir einen Plan ent-
decken, der dich in das Serail bringen soll.

Ali. Ich? Ins Serail? zum Plan aus-
führen bin ich aber so dumm, wie mein saffian-
lederner Stiefel. (bittend) Lieber, goldener Herr!
wenn euch auch mein Hals so wenig intressirte,
wie irgend der Hals eines allgierischen See-
räubers, wir beyde setzen uns der Gefahr aus,
gespießt oder strangulirt zu werden.

Selim. Ali! der Mann, der von Reski
geliebt wird, scheuet keine Gefahr, auch wenn
sie den Tod brächte.

Ali. (weint) Aber — was, was geht denn
das mich an? ich bin ja gar nicht verliebt,
(bricht in lautes Weinen aus.) warum soll ich
denn meinen Hals, der doch mein eigen gehört,
auf

auf so eine wohlfeile Art zum Schnapsgargeln
hergeben?

Selim. Bist du nicht ein undankbarer
Mensch! — Als vor 16 Jahren unsere Genu=
esische Fregatte von Seeräubern gekappert, und
wir durch den Sklavenhändler in Muselmänni=
sche Hände fielen, wer war der erste, der mich
aufmunterte, die muhametanische Religion anzu=
nehmen, als du?

Ali. Da habt ihr nicht Unrecht — Herr!
aber die Hauptursache war doch immer, euren
jüngern Bruder, den Seekapitain Julio aufzu=
suchen —

Sel. Und da wir erfuhren, daß er im
Treffen geblieben, daß er über Boord geworfen —

Ali. Da hätten wir uns immer wieder
aus dem Staube machen, und nach Genua rei=
sen können!

Sel. Also auch hier undankbar gehandelt
an denen, die uns so großmüthig das Leben
schenkten; auch den Mann betrogen, der mich
so brüderlich in sein Haus aufnahm, mir Frey=
heit schenkte, mich mit Ehrenstellen überhäufte!
(aufgebracht) Pfui der Schande! Geh, und voll=
ziehe meinen Auftrag.

Ali.

Ali. (bittend) Aber lieber, goldener Herr!
es kostet meinen Hals.—

Sel. Feige Memme!

Ali. Und ich hab immer gehört, daß man
das Hals zuschnieren nur einmal in seinem
Leben probiren kann.

Duett.

Ali. (kniet vor seinen Herrn.)

Herr! ich mag es nicht probiren,
Seyd vernünftig, hört mich an!

Selim.

Man wird dich nicht stranguliren;
Geh! vollführe meinen Plan.

Ali.

Herr! es geht einmal nicht gut!

Selim.

Sey beherzt; hab frohen Muth!

Ali.

Ich beherzt? seht! wie ich zittre!

Selim. (beiseite)

Ach! ihm wird schon angst und bang!

Ali.

Ali.

Herr! ich sterbe, denn ich denke.
Daß ich schon am Galgen henke.

Selim. (schmeichelnd)
Herzen will ich dich, und kosen.

Ali. (zitternd)
Herr! mir plubern schon die Hosen!
1. 2. 3. kru! kru! kru! kru!
Und dann ist der Hals auch zu.

Selim. (drohend)
Du gehst meinen Vorschlag ein?

Ali.
Herr! ich möcht' zu kizlicht seyn. (ab)

Sechster Auftritt.

Selim, allein.

Vor 16. Jahren meinen einzigen Bruder
verloren, als wir durch den Sturmwind an
die allgierische Seeküste geworfen wurden; Jetzt
so glücklich in dem Hause meines Wohlthäters,
der sein Herz mit mir theilt, mich als seinen
Sohn liebt; und alle diese Wohlthaten soll
ich mit dem schwärzesten Undank belohnen?
(Klei-

(Keine Pause) Ha! daß ich diese Caravane begleiten, daß ich Reski sehen mußte! Sie zu lieben, überwiegt jede Freude meines Lebens.

Arie.

Die Holde wieder sehn,
Um ihre Liebe flehn!
Die mir in ihren Blicken
Das seeligste Entzücken,
Der Zukunft giebt!
Ach! dürfte ichs doch wagen,
Ihr öffentlich zu sagen,
Wie sehr mein Herz sie liebt! (ab)

Siebenter Auftritt.

(Zimmer in dem Serail.)

Scherbeth, Reski, Blanda, Zaide, Selima,
Rosllio aus der Seitenthüre.

Scherb. Nur da herein, Frauenzimmerchen! hübsch munter und aufgeräumt, oder ihr werdet mit euren harmvollen Gesichtern keine grosse Progressen bey dem Pascha machen.

Bland. (sieht sich um) Hier also wird unsere künftige Wohnung seyn, mein lieber, schöner, guter Freund!

Scherb. Hier ist euer Apartement — bleibt
indessen da, bis ich zurückkomme — (drohend)
geht mir aber nicht von der Stelle; das sag'
ich euch, oder ihr werdet eure blaue Wunder
sehen! (sieht sich einigemal um) ihr — ihr —
ihr Jungfern ihr! (sie wollen ihm sich neicheln)

Arie.

Hier im Zimmer bleibt ihr stehen,
Oder ihr sollt Wunder sehen;
Gift und Dolch! so muß es seyn,
Drum gebt euch geduldig dreln!

≈

Werdet ihr mir nicht pariren,
Werd' ich euch den Rücken schmieren!
Gift und Dolch! mit eigner Hand,
Häng' ich euch an diese Wand!

≈

Mädchen sind wie falsche Kazen,
Die vorn lecken, hinten krazen;
Gift und Dolch! ich geb's nicht ein,
Ich will nicht gelecket seyn.   (ab)

Keski. Ach, Schwestern! in welche ab=
scheuliche Hände sind wir gerathen. (Rosilis öf=
net die Thür:)

Blan=

Bland. Nicht verzagt! nur von uns hängt es ab, unsern Aufenthalt hier angenehm zu machen —

Rosil. (für sich unter der Thür) Ob diese vielleicht von Droßmins Reisegesellschafterinnin waren?

Reski. Angenehm diese Mädchengruft? ach — Blanda! was ist mir das Leben ohne Selims Liebe —

Rosil. (schleicht sich auf den Zehen zu ihnen hin) St — still! man hört wohl, ihr gute Mädchen! daß ihr noch nie in dem Serail eines Pascha waret —

Bland. Und warum?

Rosil. Weil ihr sonst nicht in einem Zimmer, wo die Wände Ohren haben, von etwas reden würdet, das euch den Tod bringen könnte —

Reski. Wer bist du, liebe Freundin! die du uns unerkannt einen so schwesterlichen Rath ertheilest —

Rosil. Ich bin das, was ihr seyd — eine Odalike! von Geburt eine Deutsche — bin schon 5 Jahre in diesen Mauren; und immer gesund, munter und aufgeräumt —

Bland. Also kann man doch in diesen Mauren auch munter und aufgeräumt seyn?

Löwen Jagd.　　B　　Ro=

Rosll. Und warum nicht? ihr könnet noch
daran zweifeln, und seyd doch Weiber? Unser
Geschäft ist essen und schlaffen — tanzen und
baden — nach Lauten singen — mit Liebha=
bern korrespondiren — unsre Aufseher fop=
pen — mit unsern Käzchen spielen — und —

Blanb. Wäre das möglich?

Rosll. Oder meint ihr etwa, wir leben
wie die Todten in der Gruft; Schon hat
sich bisweilen ein Liebhaber troz den wachsa=
men Augen unserer Aufseher, bis in den dritten
Vorhof des Serails geschlichen, um mit uns eine
angenehme Stunde zuzubringen — (nimmt sie
an der Hand) Kommt mit mir — ich will euch schon
unterrichten — kommt nur —

Kroki. Wenn uns aber der Aufseher hier
nicht antrift?

Rosll. Desto besser, hundert Aufseher sol=
len uns nicht zu klug werden, die Herrn haben
ja mit Weibern zu thun, ha, ha, ha. (Alle ab)

Acht=

Achter Auftritt.

(Verſchloſſener Garten. Auf einer Seite ſieht man
einen Theil des Serails, mit Palmen verſetzt.
Bogengänge, in jeder derſelben natürlich grüne Raſenbänke. In der Mitte eine Fontäine.
Pagad mit einer Gartenſcheere, arbeitet,
neben ihm auf der Erde ein Korb mit Melonen
und Feigen.) (Rezla kömt.)

Pag. (nimmt den Korb.) Ein Schelm will
ich ſeyn, wenn der Paſcha weiß, wie viele Mü-
he man braucht, bis eine Melone auf den Tiſch
kömmt; bald ſticht einen die Sonn' auf den
Kopf; bald wird man wieder ſo naß, daß einem das Waſſer durch und durch rinnt; und
thut man nicht ſeine Schuldigkeit, ſo kriegt der
Pagad 25. auf die Fußſohlen —

Rez. (kommt hinter ihn, und nimmt ihm eine Melone aus dem Korb) Ganz vortreflich muß
dieſe Melone ſchmecken?

· **Pag.** Wohl bekomms! der ganze Korb
ſteht zu Dienſten — (er arbeitet fort, für ſich)
auch wieder ſo ein Maykäferchen, das gern
ausfliegen möchte, wenn ihm die Flügel nicht
geſtutzt wären —

Rez.

Rez. (geht zu ihm hin) Du bist sehr fleißig, wie ich sehe, mein lieber Gärtner!

Pag. (der fleißig fortarbeitet) Hm! So für Zeitvertreib! (beiseite) Der seh' ich's an der Nase an, daß sie gern' anbandeln möchte.

Rez. Ach! wenn ich dir nur helfen dürfte?

Pag. Kann nicht seyn —

Rez. Und warum denn nicht?

Pag. Weil ihr ein Frauenzimmer seyd.

Rez. (seufzend) Ach! wir unglückliche Mädchen!

Pag. (bewegt, weint) Die arme Mädchen! ich sag es ja — es ist eine Sünd und eine Schand, daß man lauter so Kerls meines gleichen in Garten herein läßt, die ihnen keinen angenehmen Zeitvertreib verschaffen können — (Rezia lacht aus vollem Hals) Lauter Spitzbübereyen bey denen Mädchen! wohl gut, daß man ihnen den Brodkorb hoch genug hängt —

Rez. (winkt ihm) Komm einmal her, lieber Gärtner!

Pag. (geht zu ihr hin) Ja! da bin ich — was solls seyn?

Rez. Sag du mir doch — bist du ein Mannsbild?

Pag. Das versteht sich —

Rez.

Rezia. Wenn du ein Mannsbild bist, so mußt du auch die Weiber lieb haben.

Pag. Das hab' ich aber nicht.

Rezia. (nimmt ihn am Kinn) O hör, lieber, schöner Gärtner! ich bin dir so gut, wenn du mir nur eine Gefälligkeit erweisen wolltest — dieses Briefchen — (zeigt ihm einen Brief)

Pag. Nichts Gefälligkeit! laßt mich in Ruh; wenn euch der alte Scherbeth bey mir anträffe, so dürft' ich die Fußsohlen schmieren.

Rezia. (verfolgt ihn) Wenn ich dich aber so lieb habe.

Pag. Es ist alles umsonst, ich will euch und darf euch gar nicht lieben;

Rezia. Und warum nicht?

Pag. Nun, weil es so seyn muß; ich glaub zuletzt, ihr kennet mich gar nicht.

Rezia. Du bist ja der Gärtner des Pascha?

Pag. Also ein Mitglied von der Sicherheitskompagnie, die eure Tugend bewachen muß.

Rezia. Fühlst du denn gar nichts, wenn du ein Mädchen ansiehst.

Pag. Nichts; ich seh, daß ihr nicht ausseht wie unser eins; und damit punktum!

Rezia.

Rezia. Küß' einmal meine Hand (reicht sie
ihm zum Mund)

Pag. (beiseite) Ha, ha, ha! ein kuriofes
Gewächs von einem Mädchen!

Rezia. Nun so küß!

Pag. (küßt ihr die Hand) Ich küß ja schon.

Rezia. Nun! wie ist dir zu Muth?

Pag. Wie sonst! (man hört Ali das Lieb=
chen trillern)

Rezia. Geh! du bist ja von Eis, ich hö=
re jemand kommen, ich muß mich entfernen
(ab)

Neunter Auftritt.

Pagad, Ali,

(Nach Art der Verschnittenen gekleidet, welche
auf den Straßen umher gehen, um die Katzen
zu füttern. Er hat einen Sack mit Fleisch um
sich hängen, ein Messer in der Hand, und ei=
ne Katze auf der Schulter).

Arie.

Liebe Kätzchen! schwarz und blau,
Eilt aus eurem Haus!
Singt mir euer Miau, migu
Zu dem frohen Schmauß!

Hier

Hier bring' ich anſtatt der Mäuſe,
Eine delikate Speiſe —
Schöpſenfleiſch und Kälberfüß,
Koſtet nur, ſie ſchmecken ſüß!

Pag. Ich wollt', daß die Rabenvieher alle
krepirten; kaum rech' ich mein Miſtbeth zuſam-
men, ſo tummeln ſie ſich wieder herum, als
wenn ſie ihren Jahrstag drauf halten müßten.

Ali. Wie ich höre, ſo ſeyd ihr kein Liebhaber von dieſen artigen Thierchen?

Pag. Nein! ich kann die Katzen nicht lei-
den; die Beſtien ſind falſch, und wer es falſch
mit mir meint, dem wünſch' ich die Peſt auf
den Buckel.

Ali. Ich habe hier in meinem Sack ein
allerliebſtes, blaues Kätzchen; eine Odalike,
Namens Blanda, hat es für 20 Piaſters bey
mir beſtellt.

Pag. Eine Katze für 20 Piaſters? nicht
ein Aſperl gäb ich für ſo eine Beſtie.

Zehnter Auftritt.

Vorige, Blanda, Reski.

Reski. Komm, Schweſterchen! laß uns
hier ein bischen friſche Luft genieſſen; Ob dieſes

ses wohl der lustige Gärtner seyn mag, von dem uns Rosilis erzählte?

Bland. Willkommen , guter Freund ! nennt ihr euch Pagad?

Pag. Zu dienen, zu dienen, und dieser da ist der Katzenverwalter; nennt sich — ja, das weiß ich nicht, fraget ihn selber.

Uli. Ali!

Reski. Bland. (beyde) Ali!

Uli. (giebt sich zu erkennen) Hier ist das bestellte Kätzchen, und hier diese Flasche! das Thierchen ist gewohnt, nichts als cyprischen Scherbeth zu trinken.

Pag. (beiseite) O du Rabenvieh ! kriegt die Katze gar Scherbeth zu saufen, daß du davon krepiren mögest, (geht an die Arbeit)

Uli. (leise zu ihnen) Von diesem stärkerenden Scherbeth gebt' ihr denen Haramswächtern zu trinken; (sieht sich immer furchtsam um) wir warten euer vor dem Garten; habt ihr mich verstanden, Jungferchen!

Reski. (sieht in die Szene) Muhamet! steh uns bey, die Alten kommen.

Bland. Entfern dich, oder es kostet dein Leben, fort, fort!

Ali.

Ali. Komm, mein liebes Brüderchen! wir wollen weiter —.

Pag. Hätteft lieber mir den Scherbeth zu trinken gegeben; die Katze hätt' können mit Waffer für lieb nehmen. Komm! (ab in den Bogengang).

Eilfter Auftritt.

Blanda, Reski, Ali und Pagad verstickt, Mehmet, Großmin, Scherbeth, Blanda.

(die Flasche in der Hand, indem sie beyde kommen sieht).

Sextett.

Blanda.

Laß uns diesen Trank probiren,
  Nimm die Flasche, glu, glu, glu!

Reski.

Werden wir sie wohl veriren,
  Sieh! die Schelmen sey'n uns zu.

Scherbeth. Großmin.

Komm! laß uns examiniren,
  Sachte schleichen wir uns zu.

Reski.

Reski. Blanda.

Köstlich ist des Trankes Saft,
  Herrlich seine Zauberkraft!
(Sie bringen die Flasche zum Mund, als wenn
    sie tränken).

Großmin, Scherbeth. (beiseite)

Wie die Hexen wacker trinken,
  Wie die goldnen Tropfen blinken.

Ali. Mehmet. (beiseite)

Näher schleichen sie dazu,
  Und dann beißts, glu, glu, glu, glu!

Groß. Bst!
Bland. Herrlich!
Scherb. Bst!
Rezi. Köstlich!

Scherbeth, Großmin. (beiseite)

Ach! mir wässert schon der Mund,

Ali, Mehmet. (beiseite)

Ha! die machen es zu bunt.

Scherbeth.

Ey! wie lange soll das währen?

Großmin.

Wollt' ihr uns denn noch nicht hören?

Blanda.

Blanda. (trinkt)

Wer trinken will, nur stille — still,
Der trink, so viel er trinken will.

Scherbeth. (nimmt ihr rücklings die Flasche vom
Munde weg.)
Mit Erlaubniß zum probiren! (trinkt)

Großmin. (nimmt Scherbeth die Flasche weg.)
Und den Trank zu visitiren. (trinkt)

Scherbeth.
Die Flasche mir. (nimmt sie wieder.)

(sie zanken sich darum.)

Großmin.
Glu! glu — glu glu!

Beyde.
Ach! Mahmut! drück die Augen zu.

Scherbeth.
Welche Freude! welche Wonne!

Großmin.
Ha! mir glühet schon die Brust!

Uibri-

Uebrige.

Diese alte Herrn zu foppen,
Welche Freude, welche Lust!

Scherbeth.

Brüderchen! komm! laß dich küssen.

Großmin.

Küß nur zu, ich küsse dich. (sie umarmen
sich zärtlich.)

Scherbeth. Großmin. (erwischen die Mädchen.)

Ha! das sollet ihr mir büssen,
Gib das Mäulchen, küsse mich!

Beyde. (reißen sich von ihnen los.)

Ey, ey, ey! was fällt euch ein,

Scherbeth.

Ihr sollt' nur geküsset seyn!

Blanda und Reski (geben beyden eine derbe Maulschelle, und eilen zum Haus hinein.) Patsch!

Alle 4.

O die Hexe! mich zu schlagen,
Daß die Mädchen dieses wagen,

Die,

Diese Frechheit ist zu bunt!
Ha! mir schwillet Naß' und Mund.
(alle ab, bis auf Droßmin.)

Zwölfter Auftritt.

Droßmin. Pagad.

Droß. Mir eine Maulschelle? dem zwey=
ten Aufseher des Serails eine Maulschelle?
Gift und Dolch! wohin wird es noch mit unsern Weibern kommen? (er hält sich die Wange)

Pagad. Was fehlt euch, Droßmin! ihr
sehet ja ganz melancholisch aus, laßt einmal eu=
re Backe sehen, hu! ihr habt ja den Rothlauf
im Gesicht, was ist euch?

Droß. Geht mir aus dem Weg, ich bin
verdrüßlich. (lacht) Ha — ha — ha! und
doch! ich weiß gar nicht, wie wunderbar mir
um das Herz ist, ich glühe am ganzen Leib,
als wenn ich in einem Fleischkessel gelegen
hätte.

Pagad. Das wird der Scherbeth machen,
den ihr vorhin —

Droß. (hält ihm den Mund zu.) Still,
Sklave!

Pa=

Pagad. Wie hat euch denn der Kuß ge=
schmeckt, den ihr —

Groß. Tod und Pestilenz! mir eine Maul=
schelle —

Arie.

Wer ben Weibern trauen will,
 Setze nicht viel zu aufs Spiel,
 Sey auf seiner Hut —
 Wer ein Mädchen mir entfährt,
Hundert auf die Wade,
 Wer sie an der Hand berührt,
Hat die Bastonade —
Oder er muß sich entschliessen,
Gar die rothe Schnur zu küssen —
 Kriegt vom Droßmin gewiß,
Reißgeld in das Paradieß. (ab.)

Pagad. Ja ja, mit eurer Bastonabe seyd
ihr gleich da, wenn man euch aber beym Scher=
berthfläschl erwischt, so wollt' ihr unser einem
gleich mit 25 den Kessel verzinnen. (er hört kom=
men.) Puh! Ich hör das Glöckl, jetzt heißt's
marsch! aus dem Weeg! denn ich und Herr
Scherbeth sind ein paar gute Freunde, wie 2
Hunde, wenn sie eine Schöpsenkeule zusammen
verzehren sollen. (ab.)

Drey=

Dreyzehnter Auftritt.

Scherbeth, mit einer silbernen Glocke. Hinter ihm, Blanba, Reski, Zaida, Risolis,
Selima, Rezia, Zemire, Oraxilla.

Final.

Scherbeth. (klingelt)

Don di bang! don di bang!
 Hört der Glocke Silberklang!
Jetzt hörst ihr; ich stimme ein,
 Lustig hier im Garten seyn.

Blanba.

Liebes Glöckchen! ting — ting — ting!
Mach noch oft dein Kling — kling — kling!
 Wenn dein Silberstimmchen schallt,
 Alles freudenvoll erhallt.

Alle.

Laßt uns alle fröhlich seyn,
 Scherbeth bleibt in unsern Reih'n —

Scherbeth. (in der Mitte)

Nichts heraus — und nur herein,
 Dann bleib' ich in eurem Reih'n
(Sie machen einen Kettentanz um ihn)

Blan=

Blanda.

Laßt uns spielen, laßt uns singen—

Alle.

Laßt uns tanzen, laßt uns springen!

Zemire.

Lasset uns ein Spiel beginnen,
    Nur bekannt in fremdem Land—

Blanda.

Lasset uns auf Mittel sinnen,
    Um zu lösen unser Bänd.

Scherbeth. (beyseite)

Was sie für ein Spiel beginnen,
    Werde ich begierig seyn—

Alle 8. (beyseite)

Bald wird er in unsern Händen,
    Bald zu unsern Diensten seyn—

Scherbeth.

Nun so kömmt, und fanget an!

Alle.

Wir sind hier und fangen an.

Blanda.

Hieher stell' euch in dem Kreise,
    Keines sprech ein einzig Wort —

Scherbeth.

Nicht ein Wort!

Alle. (lachend)

ha, ha, ha! er wird genedt!

Scherbeth.

Still! wo bleibt denn der Respect!

Blanda.

Hierhin stellt euch, alter Herr!
    Stellt euch hier im Kreise her —
Wer ein Mädchen kriegt allein
    Hat ein Küßchen obendrein!

Scherbeth.

Ein Küßchen? ha! ha!

Mädchen, (beyseite.)

Mich soll er gewiß nicht küssen,
    Such er nur — hißi — hi hi!

Scherbeth. (beyseite)

Wie die Weiber schwatzen müssen,
    Immer gehts — thi — tschi — tschi — tschi!
(Scherbeth stößt mit dem Fuß auf die Erde)
    Silentium! (Allgemeine Stille)

Die Löwenjagd.   C   Blan=

Blanda. (stellt sich in die Mitte)
Wer als Neunter wird gefunden,
Dem wird dieses Tuch gebunden,
Um die Augen — dann frisch zu!
Spielen wir die blinde Kuh!

Alle. (lachen)

Ha, ha, ha! die blinde Kuh!

Selima.

Still doch, still! und zähle zu,
Wer wird wohl die blinde Kuh —

Blanda. (zählt)

1. 2. 3. 4.

Alle. (lachen)

ha, ha, ha! Das ist zum lachen —

Scherbeth. (zornig)

Wollt ihr mich noch böse machen —

Alle.

Still doch, still! und zählet zu,
Wer wird wohl die blinde Kuh.

Blanda. (zählt wieder)

5. 6. 7. 8.

Alle. (aus dem Kreise)

Scherbeth ist die blinde Kuh,
Bindet ihm die Augen zu. .
(Sie binden ihm das Tuch um)

Zaide.

Und die Hände auf den Rücken,

Alle.

Dann wolln wir ihn derbe ficken —

Blanda. (führet ihn umher, und nimmt ihm den
Gartenschlüssel weg)

In dem Kreise um und um,
Führt die blinde Kuh herum.

Scherbeth. (sucht die Mädchen, sie necken ihn
auf zerschiedene Art)

Bald werd ich ein Mädchen haben,
Dann ein Küßchen obendrein —

Zaid. Paff! **Scherb.** He! **Res.** Paff!

Scherbeth.

Ihr Mädchen! nicht geneckt,
Wo bleibt denn der Respeckt!

Alle.

Ha — ha — ha — ha! ha! ha!
(er sucht umher. Diese Handlung geht fort, an
dem Gartengitter erscheinen Selim und Ali)

    Ali.

Ali.

Seht ihr hier den Alten spielen,
    Seht ihr eures Trankes Kraft?

Selim.

Könnte sie die Liebe fühlen,
    Welche Wonne sie mir schaft!

Reski. (öfnet das Gitter)

Du hier, Lieber —! Sel. Ich hier, Liebe!

Beyde.

Hier in diesen Sklavenbänden
    Muß ich meine)
    Mußt du deine) Reski finden?

(Sie necken Scherbeth, bringen ihn der Fontaine
näher, er erwischt Blanda, sie entflieht ihm wider)

Alle. (lachen)

. Ha! ha! ha! ha!
(Er fällt in die Fontaine, Allgemeiner Lermen.

Scherbeth.

He! Zu Hülfe.

Alle.

He! zu hülfe.

Vierzehnter Auftritt.

Großmin, Pagad, Mehmet, schwarze und
weiße Sklaven.

Großmin.

Was ist geschehn! |

Pagad.

Was soll es seyn?

Blanda. (ängstlich)

Herr Scherbeth, der fiel hier hinein.

Alle.

Lassen wir den Alten liegen,
Dieß soll seine Strafe seyn!
(Großmin, Pagad, alle lachen)

Scherbeth.

Zieht heraus mich armen Wicht.

Pagad.

Herr! ich kann vor Lachen nicht.
(Großmin hilft ihm)

Zweyter Aufzug.

Erster Auftritt.

(Voriger verschlossener Garten.)

(Die Obaliken sitzen mit Triangeln und Leuten in
den Bogengängen, spielen und singen.)

Chor der Obaliken.

Ha! wie frey und sorgenleer,
    Ließ sich's hier im Garten seyn,
Wenn mein Liebchen bey mir wär,
    Um der Liebe nich zu weih'n!

Reoki.

Hört, wie schön die Vögel singen,

Blanba.

Hört, wie ihre Kehlchen klingen,

Alle

Alle.

Schöner wärs in süsser Ruh,
Bey ihm seyn, Gucku! gucku!

Zweyter Auftritt.

Vorige, Großmin, Scherbeth.

(giebt das Zeichen durch ein silbernes Horn, um sich zu entfernen. Sie stehen alle auf.)

Blanba.

Ey! was soll denn hier geschehen?

Scherbeth.

Fort! ihr sollt jetzt weiter gehen.
(Er giebt wieder das Zeichen.)

Großmin.

Schon ist die Stunde da!

Alle.

Ha — ha — ha — ha — ha — ha!

Scherbeth.

Das Zeichen ist gescheh'n!

Alle.

Wir bleiben hier noch stehn.

Groß=

Groß. Fort —! Alle. Nein!
Scherb. Ja! — Alle. Nein!

Alle. (jedes, für sich.)

Die Mädchen.

Dieser böse harte Mann,
   Hat uns schon zuviel gethan
Schwestern! kommt, wir geh'n hinein,
   Wollen bald gerochen seyn.

Großmin, Scherbeth.

Hört einmal die Mädchen an,
   Wie ein jedes plaudern kann,
Liessen wir sie hier allein,
   Niemand könnte sicher seyn.'
   (Scherbeth, giebt wieder das Zeichen)

Großmin.

Marsch hinein, ich schliesse zu!.

Alle.

Gucku! gucku! (Alle ab, bis auf Scherbeth und Blanda, die sich in die Ferne zurückzog.)

Vierter Auftritt.

Scherbeth. (ohne Blanda zu sehen.)

Scherb. (trocknet sich den Schweiß von der
Stirne) Das heißt ein Stück Arbeit, die Wei=
ber zu hüten, damit sie kein Profaner zu Ge=
sichte bekömmt — Ist aber auch kein Wun=
der ! Sie haben nichts anders zu thun als
auf Spitzbübereyen zu denken — Zuletzt zetteln
Sie noch eine Verschwörung an, und jagen uns
auf die schönste Manier aus dem Serail
hinaus —

Bland. (nähert sich ihm) Nicht doch, das
thun wir nicht, mein lieber schöner Monsieur
Scherbeth ! (nimmt ihm an Kinn)

Scherb. Was macht denn ihr noch hier
Jungferchen ! wer gab euch die Erlaubniß, hier
zu verweilen ?

Bland. Gar Niemand, mein liebes
Schätzchen ! (schmeichelnd) gar Niemand !

Scherb. Wollt' ihr mich vielleicht mit ei=
ner Mauschelle regaliren ? oder soll ich etwa gar
wieder blinde Kuh mit euch spielen ? he !

Bland. Muhamet bewahr ! eben deßwe=
gen blieb' ich zurück, um euch wegen dem vor=

rigen

rigen Scherz um Verzeihung zu bitten —
(schmeichlend) Ich hab es ja nicht so böse ge-
meint, liebes Schätzchen!

Scherb. (schaut sie verliebt an) Hm —
das Weib ist nicht bitter — wollen einmal
— (sieht sich um) Wir sind doch allein — (ergreift ihre Hand) he!

Bland. Was fehlt euch — eure Augen
blizen ja wie ein paar Karfunkeln?

Scherb. Ich — ich — ich bin dir herz-
lich gut Schätzchen! komm mit mir — (will sie
fortnehmen) willst du?

Bland. Geht, wohin ihr wollt — aber
ohne mich (beyseite) wart, du alter Gauner!

Duett.

Scherbeth.

Mädchen! mit den schwarzen Augen,
Gieb den Mund — ich küsse dich —

Bland.

Ey, ey, ey! das kann nicht taugen,
Nein, nein! ihr vexiret mich.

Scherbeth. (zärtlich.)

Ach! mein Schätzchen!
Nur ein Schmätzchen!

Bland

Blanda. (eben so)

Süsser Schatz! nur du allein,
Sollst von mir geküsset seyn.
(lacht beiseite)

Scherbeth.

Nur ein bischen will ich munkeln,
Komm nur her, man sieht uns nicht!

Blanda. (beiseite)

Wie des Alten Augen funkeln,
Ueber den verliebten Wicht!

Scherbeth.

Her ein Schmätzchen!

Blanda.

Ja! mein Herzchen!

Scherbeth.

Spitz den Mund. —

Blanda.

Die Augen zu!
Dann heißt's, guck — gucku — gucku!

Scherbeth. (spitzt den Mund, schließt die Augen)

Ha! wie soll der Kuß mir schmecken,

Blan=

Blanda. *(beiseite)*

Ueber den verliebten Gecken! (Sie wirft ihr weisses Tuch über sein Gesicht, und küßt ihn.) Nur ben Mund hübsch hergerecht.

Scherbeth.

Muhamet! das hat geschmeckt! *(beyde ab)*

Vierter Auftritt.

(Zimmer in Solimanns Hause) **Selim** allein

Was beginne ich? wird meine Unterneh=mung entdeckt, so bin ich verloren! der gute, ehrliche Solimann! wie er sich um die Ursache meiner Schwermuth erkundiget? ach daß ich durch das Geheimniß meiner Liebe den Alten kränken muß! aber kann ich anders? wthüet nicht eine Leidenschaft in mir, die ich nie zu unter=drücken, vermögend bin —

Fünfter Auftritt.

Selim, Ali. (schnell ausser Athen.)

Ali. Da bin ich; Herr! hab' alles bestellt — aber ich bitt' euch, bleibt zurück, oder ihr seyd dem Paradieß näher, als der Brautkammer —

Selim. Ist die Caravane besorgt, welche uns über den Kanal bringen soll?

Ali. Alles bestellt! aber ihr wisset vielleicht nicht, daß der Pascha heute auf die Löwenjagd reitet — wenn wir etwa Jemand von seinen Leuten in die Hände fielen?

Selim. Unglücksbote! daß du dir auch gleich das Aergste denken mußt?

Ali. Auch ziehet sich ein fürchterliches Gewitter an dem Horizont zusammen — wie wär es, Herr! wenn wir die Geschichte bis morgen aufschieben wollten?

Selim. Ohnmöglich, Ali! ist nicht jede Minute Zögerung ein Tag der quälendsten Angst für mich? Folg mir — und sind wir in Sicherheit, lieber Ali! so sollst du deine getreuen Dienste mit der aufrichtigsten Bruderliebe belohnt sehen.

Arie.

Arie.

Kann ich mich noch lang besinnen
Um zu lösen dieses Band?
Soll' ich lange zögern können,
Mein zu nennen diese Hand?
Ach! ich sehe mit Entzücken
Stets vor mir das holde Bild,
Das mich nur allein beglücken —
Das nur meine Seele füllt. (ab)

Sechster Auftritt.

Ali, allein.

Ali. Was doch die vertrackte Liebe aus
dem Menschen machen kann? daß ihn aber auch
der böse Feind zum Capitain dieser Caravane
machen mußte? hätte er das Mädchen nicht ge-
sehen, dürften wir nicht in Sorge stehen, stran-
galirt zu werden. O Liebe, Liebe! was
für tolle Streiche, hast du schon in der Welt
angerichtet;

Arie.

Verliebte sind, ich sag es ja,
Nicht anders, wie die Frazen,

Ver-

Verzerren ihr Gesicht, ha, ha!
Sind läppisch wie die Katzen —
Bald scheint die Sonne hell und rein,
Bald müssen sie getröstet seyn.

Sind sie bey ihrem Liebchen schön,
Da geht es an ein Küssen.
Da wirft man sich ganz trostlos hin —
Und stirbt zu ihren Füssen —
Man tändelt fort, und wiegt sich ein!
Die Liebe muß doch närrisch seyn. (ab)

Siebenter Auftritt.

(Voriger Garten.)

Scherbeth, Blanda, Reski, Zaibe, Seli=
ma, alle verschleyert, hernach der Pascha.

Scherb. Nur heraus, Kinderchen! stellt
euch hier in die Linie, der Pascha wird sogleich
hier seyn, um euch die General Revue passiren
zu lassen. Seyd hübsch lustig, hübsch freundlich
gegen ihn, daß sag ich euch, oder —

Pascha. (kleine Pause. Sie knien vor ihn
nieder, zu Scherbeth.) Sind diese, die neue Oda=
liken, welche Selim mitbrachte? — Alle 4
Bir=

Sirkaſſierinnin? (beiſeite) ehe ich auf die Jagd reite, will ich mich hier ein bischen unterhalten. —

Scherb. Gnädigſter Herr! ich kenne euren Geſchmack; es ſind zwar alle 4 nicht zu verachten, das ſeht ihr ſelber; aber dieſe hier — (auf Reſki zeigend.) empfehl' ich vorzüglich eurer Aufmerkſamkeit; ſie iſt ein Ausbund von einem ſchönen Weib.

Arie.

Herr! ihr werdet Wunder ſehen,
    Durch Europa dürft ihr gehen —
Findet ihr, glaubt meinem Wort,
    Keine ſo, wie dieſe dort. (auf Reſki
                      deutend.)

Seht die Augen, wie ſie blitzen
    Welche Grac' und Majeſtät!
Seht hier an den Naſenſpitzen,
    Wie's die Schelmenaugen dreht!
Die Brünette, die Blondine
    Alle 4. ſind ſans pareille —
Dieſe mit der ernſten Mine
    Wär für euch ganz à merveille;
Hätt' ich aber zu befehlen,
    Hätt' ich ſo — wie ihr zu wählen;
Alle müßten ganz allein,
    Alle meine Weiber ſeyn. (ab.)

Löwen Jagd.   D   Ach-

Achter Auftritt.

Pascha, die Odalisken.

Pascha. Ihr werdet so gefällig seyn, euch zu entschleyern, meine Schönen! um die Wahrheit dieser Aussage in eurem Gesichte zu lesen. (Sie entschleyern sich. Er schaut alle 4 unschlüssig an, verweilt aber mit seinem Blick bey Reski, die furchtsam zur Erde blickt, — kleine Pause) Ihr seyd alle 4 sehr reißend, bey meinem Bart! zwischen euch wählen, heißt durch einen unersetzlichen Verlust ein Glück erkaufen, welches der Gedanke dieses Verlustes unaufhörlich stören wird.

Reski. (zu Blanda beiseite) Dieser Augenblick entscheidet mein Glück oder Unglück.

Pascha. (gegen Reski) Welche feurige Augen! welche erhabene Gesichtszüge! (gegen Blanda). und hier welches muntere, einnehmende Wesen! dort die kleine sanfte Blondine — und hier diese liebenswürdige Brünette! beym Muhamet! schwer ist die Wahl, die ich treffen soll. (kleine Pause, indem er sie noch einmal alle durchschaut) Wie nennst du dich? —

Reski. Reski!

Pascha. Du bist ein Meisterstück der Natur, weder die Lilien noch die Rosen, die in meinen Gärten blühen, stellen mir so lebhafte, so schimmernde Farben vor, wie die Reize deines Gesichtes; zum Zeichen meiner Gnade nimm diese Brilliantrose.

Reski. (beiseite) Ha! ich bin verloren!

Pascha. Noch keine Odalike hat meine zärtliche Liebkosungen so verdient wie du! sobald ich von der Jagd zurückkomme, werd' ich dich ruffen lassen, um dich von dem Glück zu versichern, dessen du würdig bist.

Reski. Gnädigster Herr! meine geringen Reitze, welche ihr so sehr erhebt, habe ich mit allen Zirkassierinnin, meinen Landesschwestern gemein. Betrachtet einmal diese holden, lieben Mädchen hier, besitzen sie nicht alle mehr Vorzüge wie ich?

Pascha. Wie? du sprichst für deine Nebenbuhlerinnin? du verachtest die Ehre, deinen Gebieter zu deinen Füssen zu sehen? (zu den übrigen) Verlasset mich alle!

Bland. (leise zu Reski) Nur Muth gefaßt, Reski! der Kalender wird uns retten. (alle ab)

Neunter Auftritt.

Pascha. Reski.

Pascha. (kleine Pause) Deine Worte sind
mir ein Räthsel. Alle Odaliken fühlen sich glücklich, ihren Beherrscher zu gefallen, nur du allein kannst dich für erniedriget halten, deine
Empfindungen mit den meinigen zutheilen?

Reski. Herr! ich bin eure Sklavin, aber
ein Mädchen, mit edlem, freyem Stolz gebohr-
ren; zu schwach, Leidenschaft nicht zu fühlen,
aber stark genug, diese Leidenschaft mit keinem
zu theilen, für den nicht mein Herz spricht.

Pascha. Eine seltsame Beleidigung!

Reski. Ihr seyd ein schöner, ein liebenswürdiger Mann; eure Weiber buhlen um eure
Liebe, und doch glaubt mir, ist keines unter
ihnen, das euch nicht leicht von ganzen Herzen
hassen könnte! diese wegen der langen Verges-
senheit, worinn ihr sie zurücklasset; jene, weil
Eitelkeit, Stolz, gezwungene Pflicht für El-
tern sie euch in die Arme lieferte; weil vielleicht
keine darunter ist, welche sich euch aus Liebe,
aus innerem, wahren Selbstgefühl für eure
Vorzüge in die Arme warf.

Pascha. Ich erstaune! aus welcher Quelle,
Mädchen! schöpfest du bey deiner frühen Bildung diese verkehrten Begriffe?

Reski. Aus meinem Herzen! ein edler Stolz hat sie auf ewig in daßelbe eingeäzet. O Achmet! liebenswürdiger Achmet! wie viele seelige Augenblicke raubest du dir nicht selbst; welch paradisisches Gefühl verlierest du, weil, du die Freuden der Liebe nur aus Gewohnheit aus Zwang, aus Wollustgefühl kennest. (ergreift seine Haud) Lerne von mir, edler Mann! daß sich Liebe nicht gebieten läßt, und daß diese himmlische Leidenschaft nur allein ihren Wohnsitz in unserem Herzen haben kann.

Arie.

Liebe quillt aus unsrem Herzen,
　　Wiegt uns ein in stille Ruh;
Giebt uns Freuden, giebt uns Schmerzen,
　　Lächelt uns so mildreich zu —
Ach! Geständniß reiner Liebe!
　　Du erhöhest unsere Triebe,
Leitest uns so sanft und kühn,
　　In der Schöpfung Urbild hin.　(ab)

Paſcha. (allein, ſieht ihr nach) Was hab'
ich gehört? war es ein Traum, oder Wirklich-
keit, daß es ein Mädchen gibt, die Achmets
Liebe verſchmähen kann? (Man hört donnern)
Ha! meine Laune harmonirt gegenwärtig mit
dem Ungewitter; Ich will mich auf einige
Stunden zerſtreuen, und komme ich von der
Jagd zurück, auf das neue meine Rechte an
ſie geltend zu machen ſuchen. (ab)

Zehnter Auftritt.

Pagad, hernach Blanda.

Pag. Ha, ha, ha! wie ſich der Alte in
der Fontaine umhergewälzt hat. Glück für ihn,
das kein Waſſer darinn war, ſonſt hätt' ich
ihm eine naſſe Ueberfahrt ins Paradieß wün-
ſchen können; Ja, ja, ja! fang du einmal
mit unſeren Weibern an, die fürchten den Henker und ſeine Mutter nicht; die Thüre öfnet
ſich, wollen einmal ſehen, wer — (Blanda
verſchleyert, will gleich wieder zurück) He! he!
Jungferchen! ſo bleibt doch ſtehen, macht keine Umſtände; werft euren Schleyer zurück,
oder ich kann nicht mit euch reden.

Bland.

Bland. (entschleyert sich) Du bist der Gärt=
ner?

Pag. Der bin ich, seyd ohne Sorge, ich
bin euch nicht gefährlich, bleibt stehen.

Bland. Je nun! du könntest mir eine
grosse Gefälligkeit erweisen, wenn du wolltest.

Pag. Von Herzen gern, Jüngferchen!
wenn es nur nichts ist, was wider mein Ge=
wissen läuft.

Bland. Hör einmal, lieber Gärtner! in
einer Viertelstunde wird ein alter, ehrwürdiger
Kalender vor dieses Gartengitter kommen; willst
du ihm nicht dieses weisse Tuch einhändigen?

Pag. Warum das nicht, gebt her.

Bland. Sieh! hier für deine Verschwie=
genheit diesen Beutel mit 50 Piastern. Gehab
dich wohl. (ab)

Pag. (allein, den Beutel in der Hand) 50
Piasters! für so eine geringe Gefälligkeit! wär
ein Narr, wenn ich sie nicht annähme. Bey
meiner Ehrenzucht! solche Nebenakzidenzchen
wachsen nicht in meinem Treibhaus; derglei=
chen ausländische Gewächse gehören ad Saccum;
(verbirgt den Beutel)

Eilf=

Eilfter Auftritt.

(Man hört in der Ferne Ali als Kalender, Pagab öfnet das Gitter.)

Pag. Seyd ihrs, guter Freund! weiß schon, was ihr wollt, hier ist das weisse Tuch von einer der Odallken; hier, nehmt. —

Ali. Dank euch, mein Freund! (für sich) was mag sie mit dem Tuch haben wollen? (er löst es auseinander, und findet ein Briefchen)

Pag. (beiseite) Gift und Dolch! das ist ein ausgefressener Kalender! da braucht man ein paar Mondviertel, bis man um den frommen Herrn herumspaziert.

Ali. (für sich) Die Thüre soll geöfnet seyn! ich muß es versuchen.

Pag. Jezt könnt' ihr schon wieder eurer Wege gehen, meine Bestellung hab ich ausgeführt, und die Piasters wären verdient.

Ali. Dank euch für euren guten Willen, lieber Freund!

Pag. Hat leicht seyn können, gehabt euch wohl (holt seinen Beutel aus der Tasche, Ali schleicht sich in das Haus) Ha, ha, ha! kuriose Schwänke haben die Frauenzimmer im Kopf.

(zählt)

(zählt) 1. 2. 3. richtig! lauter schöne, blanke
Piasters! (sieht sich um) Er ist doch fort, der
Kalender! für 50 Piasters hätt ich dem Frauenzimmerchen wohl noch einen wichtigern Dienst
erwiesen, als nur diesen. Wenn dergleichen
Gewächse dem Pagad öfters in die Tasche fielen, so wär ich bald ein Kapitalist.

Arie.

Pagad, der Gärtner ist ein Mann,
Bey dem man alles finden kann,
Hier türkische Bohnen,
Dort Feigen, Melonen —
Hier blühen Raununkeln
Dort stehen Rabunzeln —
Pagad, der Gärtner ist ein Mann,
Bey dem man alles finden kann.   (ab)

Zwölfter Auftritt.

(Zimmer im Serail. Ali mit den Obaliken).

Ali. Sind wir auch hier allein? sind wir
sicher, kommt heraus, ihr Jüngferchen! bald
ist die Stunde eurer Erlösung da!

Bland.

Bland. Haſt du auch alles beſtellt? lieber Ali!

Reski. Wird Selim auch gewiß auf mich warten?

Ali. Seyd ohne Sorgen, in dieſer Ver=
mummung ſoll uns kein Menſch erkennen.

Zaid. Ihr wollt alſo fort, und uns wollt
ihr allein hier laſſen? nein! ich muß auch mit;

Selima. Und ich auch!

Alle übrige. Und ich auch, ich auch!

Ali. Ihr wollt' alſo alle mit mir fort ge=
hen?

Alle. (fröhlich) Alle, alle, alle, — ,

Ali. Wie wirds aber gehen, ihr ſeyd eu=
rer ſo viele, und ich hab hier nur eine Kalen=
der = Kutte?
(Sie wollen ſie ihm alle ausziehen, wechſelweis)
Dieſe muß mein ſeyn, mein, mein.

Reski. Mir iſt ſie verſprochen.

Bland. Und mir.

Selima. Ich muß auch eine haben. (ſie
zanken ſich).

Rezia. Auch ich, denn ich bleib keine
Stunde länger in dieſen verwünſchten Mauren.

Orox. Und ich auch nicht.

Zaid.

Zaid. Wenn ihr mich nicht mitnehmt, so verrath ich alles.

Alle. Und ich auch, und ich auch!

Ali. He, he, Jüngferchen, so streitet euch nicht um eine Sache, die nichts sagen will. (streckt seinen Arm aus) Wer will diese Kutte haben?

Alle. (zanken sich darum) Ich, ich, ich!

Andere. Nein, ich, ich bin älter, ich hab das Vorrecht.

Ali. Nun so zieht aus. (fie reissen alle daran).

Bland. (erwischt fie) Ich bin froh, daß ich eine hab. (fie zieht fie gleich an, die Kapuze über den Kopf).

Ali. Nun, wer will, der komm!

Alle. (ziehen wieder) Ich, ich, ich.

Selima. Ich hab' eine, ich hab' eine!

Rezia. Jetzt muß ich auch eine haben.

Rofflis. Jetzt kommt die Reihe an mich. (fie werden faft Handgemein)

Ali. He, he, so nehmt mir nur mein Korpus nicht mit, ihr schelmische Mädchen ihr; zieht aus, zieht aus! (Es zieht jede der Obalisen Ali eine Kutte ab).

Zem. Ich muß auch eine haben.

Rezia.

Rezia. Und ich hab schon eine; hähaha!

Rosl. Ich hab aber eine schönere als du.

Selima. Und ich hab' die schönste. (alle schreyen zusammen, bis auf Resli)

Zaid. Es ist nicht wahr, ich hab die schönste.

Ali. He, he, he! wozu denn das Weibergeklatsch? es geht ja nicht anders zu, als wenn die Hühner zusammen gackerten. Seyd ihr nun alle versorgt?

Rezia. Ja, ja, ja, ich hab schon die meinige.

Rosslie. Ich hab' auch die meinige.
(Man hört den Pagad.)

Resli. Ich höre jemand kommen, wenn wir verrathen würden! Laßt uns fliehen.

Ali. Mädchen, seyd vernünftig, nur mir alles nachgemacht.

Dreyzehnter Auftritt.

Vorige, Pagad
(mit einem Korb Früchte)

Pag. (kommt schnell herein, wie er so viele Kalenders sieht, erschrickt er heftig) Alle Pestilenz!

wo sind denn auf einmal die vielen Kalenders hergekommen?

(Ali und die Odaliken machen auf ein Tempo eine komische Verbeugung, Pagab erwiedert sie).

Finale.

(Feyerlicher Chor mit Zeremonien)

Ali, Odaliken.

Sastalara, Bastalara!
Cosa rara, trallala!
Zillibiki, triki — ßki!
Pikiniki, hallala!

Pagab.

Diesen Narren auszuweichen,
Wird hier wohl das klügste seyn!

Alle. (jedes für sich)

Lasset uns von hinnen schleichen,
Um in Sicherheit zu seyn.

Blanda, Reski, Selima.

Laßt uns gehen

Oroxilla.

Laßt uns fliehen.

Alle.

Alle.

Laſſet uns zurücke ziehen.

Ali.

Sind wir hier von dieſem frey,
Dann heißts, marſch! abieu Parthey!
(Sie ſammeln ſich paar und paar. Ali voraus.
Sie gehen unter komiſchen Zeremonien ab: mit
dem Chor).

Sastalara, Bastalara! &c.   (ab)

Pag. (allein)

Das ſind kurioſe Sachen,
Lächerlich bey meiner Treu!
Sollte wohl nicht jeder lachen,
Ueber dieſe Narrethey!

Vierzehnter Auftritt.

Pagab, Großmin, Scherbeth. hernach Meh=
met, mehrere Sklaven.

Großmin.

Was iſt hier zu überlegen,
Herr! die Thüre iſt nicht zu!

Scherbeth.

Offen ist sie, ey, ey, ey!
Etwa gar Verrätherey!

Mehm. (aus der Seitenthür) Ach Herr!
Sklav. Ach Herr!

Alle. (erschrocken)

Was ist geschehn?

Mehmet.

Kein Weib ist mehr zu sehn.

Alle.

Kein Weib — ?

Mehmet.

Alle sind schon eschappirt!

Pagad. (schadenfroh)
Brav! jetzt heißts fußsohlifirt! (lacht)

Scherbeth. (nimmt Pagad wüthend am Hals,
Droßmin hält ihn zurück).

Kerl! ich trette dich mit Füssen,
Wo trift man die Weiber an?

Pagad. (auf die Knie, laut weinend)

Ich soll allen Kleenkaß wissen,
Was gehn mich die Weiber an!

Droß.

Großmin. (zieht sein Messer)
Kerl! ich laß dich massakiren —

Pagad. (zitternd)
Ach vor Angst möcht ich krepiren —

Scherbeth.
Rede, Schurk! um was ich frag.

Pagad.
Herr! ich weiß nicht, was ich sag —

Großmin.
Hängen — Spießen —!

Scherbeth.
Und erschießen!

Pagad. (weinend)
Meine Herrn! Pardon! Pardon!
Seht, ich weiß ja nichts davon. (steht auf)

Scherbeth, Großmin.
O du Gauner, o du Schlingel!

Pagad. (beyseite)
O die Schelmen, o die Bengel!

Alle.

Alle.

Jezt heißts einmal aufgehenckt,
Lang geborgt, ist nicht geschenkt.

Großmin, Scherbeth.

Sie zu suchen, laßt uns gehen,
  Finden wirs — sie sollen sehen —
Wie man den bestrafen wird,
  Der ein Mädchen uns entführt. (alle ab)

Fünfzehnter Auftritt.

(Waldgegend mit hohem Gebürg. Am Fuß des
Gebürges ein hohler Baum. Es blizt und donnert entfernt. Ferner und naher Jagd-Chor.)

Hört den Sturmwind sich erheben,
  Sucht den kühnen Löwen auf!
Seht die Palmenwipfel beben,
  Werft die Pfeile, auf, auf, auf!

(Man sieht auf dem Gebürg einen Löwen von
mehreren verfolgt, sie verlieren sich wieder.
Das Gewitter wird stärker. Einige, die sich
unten mit den obigen vereinigen).

Wie des Donners Wiederhall,
  Dumpf erfüllt das ganze Thal;
Gehen wir in Wald hinein,
  Dort soll man wohl sicher seyn! (ab)

Die Löwenjagd.   E   Sech-

Sechzehnter Auftritt.

Reski, (geführt von Selim, beyde vermummt.)

Selim.

Laß dich hier ein bischen nieder,
Bis die Wolken sich verziehn —

Reski.

Ach! mir zittern alle Glieder,
Könnten wir nur weiter fliehn!

(Der Jagd-Chor läßt sich wieder auf dem Gebürge hören. Das Gewitter wüthet fürchterlich)

Selim.

Das Jagdhorn erschallt —

Reski.

Ich fasse mich kaum,

Selim.

Verbirg dich, Gellebte! mit mir in den
Baum.

1Pascha ohne Pfeile, verfolgt von einem Löwen,
eilt vom Gebürg herunter, hinter ihm viele,
die endlich auf dem Gebürg den Löwen erlegen.

Pa-

Pascha.

Ach Allah, rette mich!
Wohin verberg ich mich?

(Wie er sich in den Baum retiriren will, schlägt
der Bliz die Eiche auseinander, und Reski fällt
ohne Sinne zur Erde. Alle kommen von dem
Gebürge herab. Alle voll Entsetzen.)

Alle. Was seh' ich —
Pascha. Du hier, Selim!
Selim. Ach, Herr! Gnade!
Pascha. Dieses Mädchen?
Selim. Eure Resky!

Selim.

Gnade! Herr! zu deinen Füssen
Fleh ich, ach verzeihe mir.

Pascha.

Deine Frechheit sollst du büßen,
Sklave! dieses schwör ich dir.

———————

Siebenzehnter Auftritt.

Vorige, Großmin, Scherbeth, Pagas,
die Obaliken, Mehmet, viele Janitscharen zur Wache.

Scherb. (zu seinen Füßen, außer Othem)
Ach, Herr, ich kann nicht reden!

Großm. Mein Herz, es klopft, ich bebe.

Pascha. Was ist geschehen?

Scherb. Eine Verschwörung,

Pascha. (voll Grimm) Was wollen die
Kalender?

Alle. (stürzen zu seinen Füßen, und entlar-
ven sich) Deine Gnade,

Pascha. Meine Weiber,

(Es donnert und blizt. Reski erholt sich).

Scherbeth. (knieend)

Herr! ich liege dir zu Füßen,
Diesem gebt die Schaur zu küssen;

Pascha.

Führt in das Serail ihn fort,
Dann sprech ich sein Urtheil dort.

(Reski und Selim umarmen sich)

Selim.

Selim. Ach, Resli!

Resli. Ach, Selim!

(werden abgeführt).

Alle.

Kommt! laßt uns nach Hause gehn,
Weil die Wolken sich verziehn
Seht dort unsre Flaggen wehn,
Lasset uns von dannen fliehn.

Ende des zweyten Aufzugs.

Drit-

Dritter Aufzug.

———◆———

Erster Auftritt.

(Grosser Saal, worinn sich der Divan versammelt.
Mitten ein prächtiger Thron, um den selben rei=
che Pölster, worauf sich die Grossen niederlassen.)

Marsch = Chor.

Milde sey der Schild der Fürsten,
    Für den Freyen oder Knecht,
Auch der Aermste soll nie dürsten,
    Nach dem heil'gen Menschenrecht.
        (Der Pascha tritt ein.)

Einige.

Gerecht seyn ist das Diadem,
    Das Fürstenherzen ziert —
Denn die Natur giebt es nur dem,
    Dem es nach Recht gebührt.
              Alle.

Alle.

Milde sey der Schild der Fürsten u. s. w.

(Sie setzen sich alle)

Pascha. Man bringe den Gefangenen vor. Verrätherey ist sein Verbrechen, und dieß Verbrechen fodert den Tod.

Gouver. Gnädigster Herr! Selim, den ich als Sklaven kaufte, den ich in mein Haus als meinen Sohn aufnahm, hat nach unseren Gesetzen den Tod verdient — ich vermag nicht die Strenge dieser Gesetze umzustossen, nur eine Bitte gewähret mir —

Pasch. Redet, Solimann! eure grauen Haare verdienen, daß man sie ehrt.

Gouv. Für das Leben des unschuldigen Mädchens lasset mich bitten. Unbekannt durch den kurzen Aufenthalt mit den Gesetzen des Serails riß sie Leidenschaft und Jugend dahin — Seyd gnädig, Herr.

Zweyter Auftritt.

Vorige, Selim, Reski, (gefesselt, beyde mit
einer rothen Schnur um den Hals·, Pause
— sie stürzen zu seinen Füssen.)

Pascha· Entschleyere dich, Undankbare!
die du nicht mehr würdig bist, einen Platz unter
meinen Odaliken zu behaupten — (Sie entschley=
ert sich) Du verdienest den Tod, mit des=
sen Zeichen du schon am Halse gebranntmarket
bist — würdest ihn auch sterben müssen, wenn
nicht dieser ehrliche alte Mann für dein Leben
gebetten hätte.

Selim. (umarmt Solimann) Dafür segne
euch Alla! O Solimann! daß ich eure Wohl=
thaten auf diese Art vergelten soll?

Pascha. (zu Selim) Woher kennst du die=
ses Mädchen, Sklave!

Selim. Gnädigster Herr! ihr schicktet mich
vor einigen Monaten ab, um die Karavane zu
begleiten; kaum waren wir einige Tage in die
See gestrichen, als ich einmal des Morgens
auf dem Verdek saß, und froh und zufrieden
zusah, wie sich die Wellen im Glanz der Son=
ne spiegelten·— plötzlich nahm mich ein verschley=
ertes

ertes Frauenzimmer an der Hand — und dieser Augenblick war der unglückseligste meines
Lebens —

Pascha. Und dieses Mädchen?

Reski. War ich — gnädigster Herr! ich —
ich war es, die um seine Liebe bettelte; (Pause)
lange schon weidete ich mich in stillem Sehnen
an seinem holden Blick — endlich überaschte
mich die Leidenschaft, ich gieng dahin—schlug meinen Schleyer zurück — O Achmet! wie mir da
mein Herz schneller zu pochen anfing, da ich ihn sah;
— welchen unauslöschlichen Eindruck er in meiner Seele hinterließ, wie ich ihm sagte, daß ich
nur in seinen Armen das glücklichste Weib aller
Muselmänninn werden könnte.

Selim. Und sagte ich dir nicht schon dazu-
mal, wie sehr ich dich bedauerte?

Reski. Du konntest mich bedauern? und
war nicht diese Minute eine der glücklichsten meines Lebens? eine Minute, worüber mich die
erste Houris im Paradieß beneiden könnte.

Pascha. Wenn dir aber diese glückliche
Minute den frühen Tod gebracht hätte?
Sklavin!

Reski. Und wenn auch, Herr! ich verdie-
ne den Tod, das weiß ich — aber Selim ist
unschul-

unſchuldig — Ich ſah ihn, ich liebte ihn, noch
ehe der geringſte Keim von Leidenſchaft in ſei=
ne Seele drang — (ſtürzt zu ſeinen Füſſen). O
gnädigſter Herr! ich trage ſchon das Zeichen
des Todes an meinem Hals — erlaubt mir nur
dieſe Schnur von dem Hals meines Selims
zu löſen — ich hab ihm meine Liebe aufge=
drungen — ich bin die Verführerin — ich hab'
ihn zum Verbrecher gedungen.

Selim. Nein, Herr! ich bin die Urſache
dieſer Verſchwörung — ſprecht das Todesur=
theil über mich — Reski iſt unſchuldig.

Paſcha. (kleine Pauſe) Ich bedaure das
arme Mädchen, und doch —

Reski. Ihr bedauret mich, Herr! wohl
ja wohl ſind wir Mädchen in eurem Serail ar=
me Geſchöpfe! kannte wohl noch eines den Werth
ihres Daſeyns, deſſen Gefühl für weibliche Frey=
heit nicht gleich in dem erſten Augenblick in eu=
rer Todengruft unterdrückt wurde?

Paſcha. Ich erſtaune —

Reski. Gebohren und erzogen in einem
Land, wo nur Geiz unſer Daſeyn hervorbringt
wo ſchon unſere Mutter verſchwenderiſch auf
die duſſeren Reize unſeres Körperbaues die Bil=
dung unſerer Herzen vergißt, uns nur mit

Kunſt=

Kunſtgriffen bereichert, um die verliebten Blicke
der Männer auf uns zu ziehen, und unſre
Freuden mit den Freuden eines Paſcha zu thei=
len —

Paſcha. (Sie ſehen Alle einander an) Wel=
che Frechheit!

Reski. Und haben wir die Jahre erreicht,
ſind wir kaum gereift zum Mädchen, das die
Natur zur Liebe ſchuff, ſo werden wir ausge=
ſloſſen aus den Armen unſerer Familie — für
einen Preiß, um den wir ohne an wahre Liebe
denken zu dörfen, die Begierden der Männer
erheben, durch erkünſtelte Geſchicklichkeit, durch
immer friſch wachſende Reitze die Bande befeſti=
gen müſſen, womit ſie uns für baare Münze
von unſeren eigenen Müttern geſeſſelt halten?
oHerr! unmöglich kann dieſes der Ruff der Natur —
unmöglich dies die Beſtimmung des Weibes ſeyn?

Selim. Halt ein, Reski! bey allem, was
dir heilig iſt, halt ein — dein Leben iſt dir ge=
ſchenkt — nur ich allein hab den Tod verdient.

Paſcha. Du haſt dir dein Urtheil ſelbſt
geſprochen — dein Tod ſey die Rache der
Geſetze — in einer Stunde ſoll dein ver=
rätheriſches Herz mit giftigen Pfeilen durch=
ſchoſſen werden — (Reski ſinkt halb ohnmächtig
in Selims Arme) Du aber, Slavin! ſeyeſt zu
der

der niedrigſten Sklavenarbeit in meinen Serail verdammt. (Er ſteigt von Thron, alle begleiten ihn unter dem Chor.) Folgt mir —

Chor.

Gerecht ſeyn iſt das Diadem,
Das Fürſtenherzen ziert,
Denn die Natur giebt es nur dem,
Dem es nach Recht gebührt.
(Alle ab, bis auf Reski und Selim)

Dritter Auftritt.

Reski, Selim.

Selim. Sammle deine Sinne, herrliches
Mädchen! Süß iſt der Tod, den ich für dich
ſterbe — ſüß der Gedanke des Hinſcheidens,
denn dir iſt Gnade wiederfahren.

Reski. Ach Selim! wie ſoll ich ohne dich
leben können? Ich laß dich nicht aus meinen
Armen — ich folge dir.

Duett.

Selim.

Weine nicht um mich, o Liebe!
Weil ich von dir flieh —

Vier=

Reok.

Ach! die reinen Herzenstriebe,
Wie bekämpf ich die —

Beyde.

Welch' ein schreckliches Geschicke!
Schon so nahe unserm Glücke —
Ewig bald vereint zu seyn,
Jetzt getrennt — ach! welche Pein!

Reok.

Wo kann ich wohl Ruhe finden,
Trostlos seufzt mein Herz.

Selim.

Ach welch bitteres Empfinden,
In mir tobt der Schmerz.

Beyde.

Laß dich meinen Arm umschliessen,
Trost in deine Seele giessen;

Reoki.

Getrennt auf ewig! welche Quaal!

Selim.

Ich sehe dich zum Letztenmal. (reißt sich
aus ihren Armen, sie stürzt ohnmächtig auf einen
Polster hin.)

Vier=

Vierter Auftritt.

Resli, Scherbeth.

(mit einem wollenen Oberkleid, tritt schnell herein,
bebt zurück, wie er Resli liegen sieht.)

Scherb. Nun da haben wirs Gift und
Dolch! das Mädchen wird doch nicht todt seyn.
He, he, Jungferchen! (rüttelt sie) Jüngferchen!

Resli. (erholt sich.) Ach! wer weckt mich
aus meinem Todesschlummer?

Scherb. Seyd frohen Muths, Mamsell=
chen! ihr sollt keine üblen Tage bey mir haben,
wenn ihr euch gut aufführt. Vor allen Dingen
bitt' ich, euch dieser schönen Kleider zu entledi=
gen, und diese hier dafür anzuziehen.

Resli. Ach, Selim, Selim, wo bist du?
[ringt die Hände.] Sag mir, lieber Mann, wo
ist Selim?

Scherb. Wo wird er seyn? wirklich im
Begriff, als Kalender um eine Reißzehrung ins
Paradies zu betteln.

Resli. Und du kannst noch meines gren=
zenlosen Elends spotten? unglückseliger Mann!
laß mich zu ihm hin, um ihn zu retten, und wenn
ich ihn nicht mehr retten kann, ha! so gieb mir
Kräf=

Kräfte, Schöpfer meines Lebens mit ihm zu
sterben. (ab)

Scherb. (allein) Wirst nicht weit springen,
Töchterchen! hab' schon meine dienstbahre Gei-
ster in den Vorhof bestellt, ha, ha, ha, wieder
ein Produkt, daß ich vor der Zeit in Muha-
mets Arme spedirt habe. Ha welch ein froher
Genuß des Paradieses erwartet ihn! nur ein
Tag übertrift schon tausende des Menschenle-
bens, und doch, besinnt man sich öfters so lange, dieses Reischen anzutretten.

Arie.

Froh ist die Reis ins Paradieß,
    Wo goldner Scherbeth quillt,
Und eine Houris mild und süß,
    Die leere Flasche füllt —
Ein Ort, wo Mädchen ewig rein,
    Und ewig sollen Jungfern seyn.

~

Dort fließet rother Ciperwein,
    Der hier verbotten ist;
Dort wiegt man sich berauschend ein,
    Wenn man genug geküßt —
Dort winken Mädchen hold und süß,
    Froh ist die Reis ins Paradieß. (ab)

Fünf-

Fünfter Auftritt.

(Freyer offener Platz. Mitten ein schwarzer Pfahl. Viele Janitscharen und Pfeilschützen, welche Selim umgeben, hinter diesen der Pascha, Gefolge. Militair = Marsch.)

Pascha. Vollziehet euer Urtheil — ihr! denen ich auftrug, diesen Verbrecher aus dem Gedächtniß der Lebendigen zu stoßen. Er machte sich durch Hochverrath des Lebens unwürdig, das Allah ihm verlieh; Gerechtigkeit fodert, ihm dasselbe zu nehmen, und sein Andenken aus unseren Herzen auf ewig zu verbannen. (Die Janitscharen theilen sich — die Pfeilschützen treten herfür)

Sel. Achmet! du bist gnädig und gerecht! Sieh — hier an dem Ort, wo in einer Viertelstunde mein Herz durchbohrt liegt, schwöre ich dir noch bey allem was heilig ist: Resli ist unschuldig! ich bin ihr Verführer, laß mich meine Schuld büssen. (Sie bringen ihn zum Pfahl)

Arie.

Willkommen, Trauerstätte du!
Ach Resli lacht mir Wonne zu;

Nur

Nur ihr fließen meine Zähren,
Nur sie kann die Pein vermehren,
Die mich umgiebt im Augenblick,
Ach kehr in meinen Arm zurück!

Pafcha. (winkt, er wird an den Pfahl gebunden — Sie wollen ihm die Brust entblössen, und
finden an einem weissen Band ein Bild. Die Pfeilschützen stehen bereit) Haltet ein! was seh ich! Allah! (der Pafcha reißt eben ein solches Bild aus dem
Busen)

Sel. Hilf Muhamet!

Pafcha. Du bist ein Renegat! aus Genua
gebürtig — nennst dich? —

Sel. Julio Kabari —

Pafcha. Mein Bruder! (er stürzt in seine Arme)

Alle. Sein Bruder! (Pause)

Pafcha. (mit erhobenem Blick) Ha! Ewiger
Herrscher der Welt! wunderbar sind deine Wege — (Pause) Meine Freunde! nehmet Theil an
dem Vergnügen, das ihr auf meiner Stirne
leset; am Rande des Todes fand' ich meinen
Bruder wieder (Pause) Muselmänner! meiner
Tapferkeit, meiner Rechtschaffenheit — der Gnade meines Kaisers — eurem gütigen Zutrauen
zu mir, dank' ich die Ehren-Charge, die ich
unter euch begleite — Auf Muhamets-Söhne!

Löwenjagd   F   wer

wer seinen Pascha liebt, der reiche meinem Bruder die Hand, und mit dieser — Versöhnung
und Gnade —

Gouvern. Es lebe Achmet und Selim!
Allah soll sie seegnen!

Alle. (reichen ihm die Hände) Es lebe Achmet und Selim! Allah soll sie seegnen!

Pascha. Und nun, Bruder! laß uns nicht
zögern, Hole Resli zurück aus ihrem Sklaven-
ort, Sie werde deine Gemahlin! ewig sollt ihr
in nie verwelkender Wollustfreude eure Tage da-
hinleben.

Sel. Ha! wie glücklich bin ich auf einmal —

Pascha. Brüder! Freunde! bereitet ein Fest
zur Wiedervereinigung dieser beyden Liebenden,
Achmet hat seinen einzigen Bruder gefunden;
diesen Bruder glücklich zu machen, habe ich
unter euch Muselmännern noch nicht vergessen
können, Folgt mir —

Gouvern. Es lebe Achmet und Selim!

Alle. Es lebe Selim und Resli!

Jubelchor

Jauchzet ihm Dank —
Jauchzt ihm, entgegen!
Unser Gesang
Soll ihn erheben!

Es

Es halle wieder!
Unfer Gebiether
Lebe noch lang!
Freudig erhebe sich unfer Gefang!
(alle ab).

Sechster Auftritt.

Reski.

(in brauner Sklavenkleidung. Scherbeth mit ihr)

Scherb. (führt Reski an der Haud) Nur
heraus, Töchterchen, ihr müßt jetzt eure Laute
anders stimmen; die Zeit ist vorüber, wo ihr
die Aufmerksamkeit unseres gnädigsten Herrn
auf euch zoget.

Reski. (mit Verachtung) Armer Mensch!
der du glauben kannst, daß mich die Aufmerksamkeit eines Pascha glücklich machen kann.

Scherb. Jetzt heißts: Mir parirt, oder
beym Muhamet! ihr werdet mich böse machen,
Gift und Dolch! ihr werdet mich böse machen.

Reski. Verlaß mich! um so mehr muß
ich dich hassen, jemehr du meines Unglücks
spotten kannst. Wisse, niederer Sklave! daß
ich stolz genug war, erzwungene Liebe eines

F 2   schö-

schönen Mannes auszuschlagen, wie sollte ich
mir einfallen lassen, die Liebkosungen eines
Pavians zu erwiedern.

Scherb. He, he! Ihr wißt doch, Jüngferchen, wer ich bin, und wer ihr seyd?

Reski. Ich bin ein Mädchen, gebohren
mit freyem Sinn und freyem Herzen; der
Kleidung nach des Pascha Sklavin; nach meinem Herzen aber fühl ich mich werth, Fürstin
der Provinz zu seyn; du aber bist — wie soll
ich dich nennen, um alles niedrige der Menschheit in einem Begriff zusammen zu bringen,
du bist — ein sklavischer Schurke!

Scherb. He, das ist zu arg! ihr wißt
vielleicht nicht, Jungferchen! daß euer künfti-
ges Glück, vielleicht euer Leben von mir ab-
hängt.

Reski. Von dir? armer Pascha! wie un-
glücklich bist du, wenn nur das Leben einer
Katze von einem Menschen, wie du bist, ab-
hängt. —

Scherb. Gut, recht gut! morgen am Tag
sollt ihr zu der niedrigsten Sklavenarbeit an-
gehalten werden. Gebrannter Reiß und trok-
nes Brod ist eure Nahrung; kaum, daß der
Tag graut, heißt es: auf zur Arbeit! das Un-
kraut

kraut aus den Blumenbeeten zu jäten, und
Waſſer zu tragen, da ſollen eure zarte Händ-
chen rauch genug werden; auch wird die Son-
nenhitze ſchon das ihrige zu der Verbräunung
eures Geſichtes beytragen, ſchon gut —

Siebenter Auftritt.

Vorige. Ali.

(als Waſſertrager gekleidet, ſpringt ihr zu, und
ſtürzt zu ihren Füſſen)

Ali. Glück und Freude über euch, ſchöne
Reski! wir ſind gerettet.

Reski. (ohne ihn zu kennen) Wer biſt du?
ich kenne dich nicht.

Scherb. (zieht das Meſſer) Wie! ein Waſſertrager? Sklave, du unterſteheſt dich?

Ali. (ſchleudert ihn weg, daß er zu Boden
fällt) Packe dich, du alter Schurke, (zu Reski)
Wie? Ihr kennet euren Ali nicht? dieſe Kleider brachten mich zu euch; höret, ſchöne Reski!
aus meinem Mund eine der froheſten Nachrich-
ten: Selim lebt, er lebt nur für euch—

Ach-

Achter Auftritt.

Vorige. Selim,

(in Reßlis Arme, Sklaven mit ihrer vorigen Kleidung).

Selim. Reßli! —

Reßli. Mein Selim! (Umarmung)

Selim. So nahe, dich zu verlieren, und nun auf ewig mit dir vereint —

Scherb. (will sie trennen) He, he, welche Frechheit! marsch, auseinander — wie seyd denn ihr auf einmal wieder in Freyheit gekommen? he,

Selim. Entferne dich, Sklave! Sieh in mir den Bruder deines Pascha; und hier in dieser Sklavin meine Gemahlin. —

Scherb. (mit offenem Mund, geht Schritt vor Schritt zurück) Der Bruder — unsers Pascha? (beiseite) Gift und Dolch, was hör' ich? das heißt: einen Strich durch die Rechnung gemacht.

Reßli. O Selim, welch ein glücklicher Stern hat deine Tritte geleitet, du mein, mein durch die Gnade des Pascha.

Mehm. (zu ihren Füßen) Hier, meine Gebieterin, eure Kleider —

Reß.

Reski. Komm Selim! laß mich zu den Füssen deines Bruders um Gnade stehen; das Schicksal hat uns so wunderbar zusammengeführt, laß uns zuerst der Vorsicht, und dann der Liebe ein Dankopfer bringen.

Selim. Das wollen wir, heißer Dank der Vorsicht — und für dich, Reski! mein Herz und mein Leben. (beyde Hand in Hand ab)

Ali. (zu Scherbeth) Es scheint, Monsieur Scherbeth! das Schicksal hat auch euch eine grosse Brille auf die Nase gesetzt; Ha, ha, ha!

Scherb. Geht zum Henker! (für sich) Ey ey, ey, das übersteigt meinen Horizont, von der niedrigsten Stuffe der Menschheit zu dem höchsten Grade des Glücks, von dem Rande des Todes bis zum Thron erhoben? Jetzt heißt's freylich: die Laute anders gestimmt — sonst wird Herr Scherbeth vor der Zeit ins Paradiß geschickt. (ab)

Ali. (allein) Mein Herr ist glüklich, also lustig, Ali! diese Kleidung seye das Feyerkleid zur Vermählung meines Herrn; Was man nicht alles unternimmt, wenn man Jemand lieb hat; Hab mich als Wasserpolack ins Serail geschwärzt, erwischten sie aber in mir den verkleideten Kalender, wär das Spiessen und Strangulieren

noch

noch die gröſte Gnade für mich! Ha! ha! ha!
aber keine üble Maßkerade! Sachen kommen einem
unter die Augen, wenn man ſo an den Thü-
ren der Weiber vorüber geht, daß einem oft
ſehen und hören vergehen möchte.

Urie.

Ein Waſſerträger, wie man glaubt,
    Iſt kein ſo ſchlechtes Thier;
Dem iſt ſo manchesmal erlaubt,
    Zu gaffen durch die Thür —
Wenn ſich die Weiber baden geh'n,
    Kann man ſie ohne Schleyer ſeh'n.

≈

Er guckt, er ſtaunt, und wie er guckt—
    Macht ihm das Gucken warm,
Wie eine ſich im Bade tuckt,
    Sieht er den weiſſen Arm —
Da plätſcherts hin und her — ha, ha!
    Welch' Augenweide! tralla la!

(ab)

Eilfter Auftritt.

(Prächtiger Garten des Pascha, nach türkischer Art beleuchtet. Der Pascha mit seinem Hofstatt auf einem erhöheten Thron, die Odaliken zur Seite.

Pascha. Heute, meine Freunde! ist einer der wichtigsten einer der freudevollesten Tage meines Lebens; er verdient, daß ich denselben für euch mit einer ausgezeichneten, grossen Handlung verewige; Euch, Mädchen! die ihr gestern noch unter dem Joche der Sklaverey seufztet, gebe ich Freyheit, Freyheit — Allahs göttliches Geschenk! verlasset heute noch das Serail, werdet das, wozu euch die Natur schuff — wozu euch die Bestimmung ruft — werdet gute Bürgerinin des Staats, werdet gute Mütter!
(Pauken und Trompeten. Jubelgeschrey)
Alle. Es lebe Pascha Achmet!

Zwölfter Auftritt.

Selim, Reski, hinter ihnen Scherbeth, Orosmin, Pagad, Vorige, Uli—Mehmet.

Sel. Mein Bruder!
Reski. (stürzt vor seinen Thron hin) Herr! zu deinen Füssen —

Pa=

Pascha. (hebt sie auf) Steh auf — Gemahlin meines Bruders — und lerne von Achmet,
wie sehr er wünscht, an dir beleidigte Liebe belohnen zu können —
(Er führt sie auf den Thron, Mitten sitzt Resli
auf beyden Seiten Selim und Achmeth. Jubelgeschrey)

Alle. Glück und Seegen über Achmet und
seinen Bruder!

Final.

Alle.

Lasset uns mit frohem Herzen,
Heute dieses Fest begehn —
Laßt uns jubeln, laßt uns scherzen,
Achmet soll uns fröhlich sehn.

Selim, Reoli.
Reoli. Dich Selim. mein zu nennen

Dich ewig lieben können,
Welch fröhliches Geschick!

Alle.

Vom größten Unglück, bis zum Glück,
Ist oft ein einziger Augenblick.

Die Odalifen.

Wie glücklich war die Löwenjagd,
Sie hat uns alle frey gemacht —
Welch fröhliches Geschick!

Alle.

、 **Alle.**

Zum größten Unglück, bis zum Glück,
Ist oft ein einziger Augenblick.

Leyter Chor.

Laſſet uns mit frohem Herzen
Heute dieſes Feſt begeh'n —
Laßt uns jubeln, laßt uns ſcherzen,
Ahmet ſoll uns fröhlich ſehn.

(Sie ſtürzen alle zu ſeinen Füſſen)

(Der Vorhang fällt)

Ende des Sinaſpiels.